# Absurdement vôtre

4, rue Caroline, 75017 Paris.
ISBN : 2-91358-875-1

Georges Cathalo

# Absurdement vôtre

106 maximes tordues
pour rendre la vie tordante

Mots & Cie

# Avant-propos

Il y a fort longtemps, Épiménide le Crétois affirmait : « Tous les Crétois sont des menteurs. » Pouvait-on lui faire confiance ? Que n'essaya-t-on pas de faire ? Tourner et retourner son affirmation dans tous les sens, la décortiquer mot à mot, rechercher la faille qui permettrait de résoudre l'énigme : rien n'y faisait.

Bien plus tard, en 1918, Bertrand Russell proposait à son tour cette information somme toute banale : « Le barbier du village est le villageois qui rase les villageois qui ne se rasent pas eux-mêmes. » Après quoi, il posait la question suivante : « Alors, ce barbier, se rase-t-il lui-même ? »

De tous temps, la recherche de la vérité s'est heurtée au langage. Ce langage, qu'il soit oral ou écrit, est mis en difficulté par notre système binaire, ce manichéisme foncier qui semble inscrit dans nos gènes et que les énarques guindés comme les politiciens conformistes ont eu à cœur de cultiver.

Moyennant quoi, la réalité est devenue monolithique, sérieuse... et trompeuse ! Car, sous une apparence de logique, nous naviguons au quotidien dans un amalgame de cartésianisme et de crétinisme, de marxisme et de libéralisme, de faits divers sordides et d'informations délirantes. Autant de contradictions que, par confort moral, souci de rigueur ou manque de temps, nous préférons ignorer.

Comment prendre le contre-pied de notre vision simpliste et trop sage du monde, comment bouleverser les idées reçues et l'opinion commune ? Grâce au paradoxe et à son *alter ego*, l'absurde. En toute occasion, le paradoxe fait exploser nos certitudes (et nous fait exploser, de rire). En voici la preuve… par l'absurde ! 106 maximes insolites, dénichées chez les plus grands penseurs, philosophes, humoristes et écrivains.

N'ont été retenus que les paradoxes « volontaires » (leurs auteurs se sont engouffrés avec délectation dans ces espaces où les mots et les sens se télescopent pour semer le trouble). Ont été exclus les lapsus et les phrases « malheureuses » écrits ou prononcés par des personnages de la vie publique.

On trouvera donc dans cet ouvrage un ensemble hétéroclite de glanes et de fanes, de vétilles et de broutilles. On peut s'en servir régulièrement afin de rendre la vie supportable, ce qui demeure assurément la principale fonction de l'humour…

Ces précautions terminées, il serait temps d'ouvrir ce livre car nous voici *arrivés au point de départ*…

GEORGES CATHALO

# Sommaire


Questions diverses... p. 11
Sens dessus dessous p. 15
Passé et futur composés p. 21
Jeux de mémoire p. 25
Vrai ou faux ? p. 29
À tort ou à raison p. 33
À votre avis ? p. 37
(Il)logiquement p. 41
Paroles, paroles... p. 45
En toutes lettres p. 51
Échec aux maths p. 55
Faits divers et divers faits p. 61
Brèves d'absurde p. 65
Les uns et les autres p. 69
La confusion des sens p. 73
Proverbes (pas forcément chinois) p. 77
Du jeune avec du vieux p. 81
Conseils d'amis... p. 85

*Le privilège de l'absurdité est réservé à la seule créature humaine.*

Thomas HOBBES

*Paradoxe : je crois que c'est le nom que les imbéciles donnent à la vérité.*

Jean MORÉAS

# Questions diverses…

**La réponse est « oui », mais quelle peut être la question ?**

WOODY ALLEN

*Moi, je ne me pose aucune question. Je me demande d'ailleurs pourquoi.*

ANONYME

Mais que foutait Dieu avant la création ?

SAMUEL BECKETT

Mais comment l'homme faisait-il pour nager avant le principe d'Archimède ?

Alexandre VIALATTE

# Sens dessus dessous

Ils n'ont qu'à rentrer
chez eux, les sans-abri.

Jean-Marie GOURIO

*En hiver, on dit
souvent : « Fermez
la porte, il fait froid
dehors ! » Mais quand
la porte est fermée,
il fait toujours aussi
froid dehors.*

Pierre DAC

**Nous sommes de plus
en plus envahis par
le manque de place.**

Marcel MARIEN

*Une porte de sortie n'est jamais qu'une porte d'entrée en sens inverse, et réciproquement.*

Jean-Luc LOURMIÈRE

Placée sur une table comme une boussole, mon horloge indique le Nord 24 fois par jour. C'est plus qu'il n'en faut.

Philippe GELUCK

Quand on ne sait pas où on va,
il faut y aller… et au plus vite.

Jacques ROUXEL

*Une fois qu'on a
dépassé la mesure,
il n'y a plus de limite.*

EURIPIDE

**L'infini
commence
où il finit.**

Louis SCUTENAIRE

Ce serait fou
de ne pas être fou.

BLAISE PASCAL

Lui, il confond
toujours sa droite
et sa gauche ;
et lui, là, celui du
bout, c'est pire :
il confond le milieu.

JEAN-MARIE GOURIO

# Passé et futur composés

***Il ne faut jamais faire de projets, surtout en ce qui concerne l'avenir.***

ALPHONSE ALLAIS

L'avenir,
c'est comme
aujourd'hui,
mais plus tard.

LOUIS CALAFERTE

*L'avenir n'est plus ce qu'il était.*

JEAN DUTOURD

Si la semaine de quarante heures était réduite de moitié, les fins de mois auraient lieu tous les quinze jours.

Pierre DAC

## Dans le passé, il y avait plus de futur que maintenant.

Philippe GELUCK

# Jeux de mémoire

Retenez bien ceci : on oublie au fur et à mesure.

Louis CALAFERTE

**Le jour où j'ai perdu la mémoire m'a laissé un mauvais souvenir.**

Yvan AUDOUARD

*Le peu que je sais,*
*c'est à mon ignorance*
*que je le dois.*

Sacha GUITRY

À l'école, je n'ai rien appris et ça me sert encore.

Jean-Marie GOURIO

Nous vivons dans un temps qui sait tout mais ne comprend rien.

Hermann KEYSERLING

*Rien ne sert de penser, il faut réfléchir avant.*

Pierre DAC

**Mon plus mauvais souvenir : je l'ai oublié.**

Francis BLANCHE

*L'ignorance fait des progrès.*

Tristan BERNARD

# Vrai ou faux ?

Dans le doute, dites la vérité.

Mark TWAIN

*Je dois à la vérité de dire que je mens toujours.*

Robert BENAYOUN

**Une fausse erreur n'est pas forcément une vérité vraie.**

Pierre DAC

*Autrefois, j'étais indécis, mais à présent je n'en suis plus très sûr.*

Umberto ECO

*Sauf erreur,*
*je ne me trompe jamais.*

Alexandre VIALATTE

# À force de faire le sceptique, je suis sceptique notamment sur le scepticisme.

Alfred CAPUS

Bien que nos renseignements soient faux, nous ne les garantissons pas.

Erik SATIE

# À tort…
# ou à raison

*Ce n'est pas parce qu'ils sont nombreux à avoir tort qu'ils ont raison.*

COLUCHE

**Si chacun dit le contraire, c'est parce qu'il a raison.**

TRISTAN TZARA

*La mort, qui a toujours tort, a raison de chacun de nous.*

JACQUES STERNBERG

Le type qui a dit qu'on avait toujours tort de donner des explications avait cent fois raison.

AGATHA CHRISTIE

# À votre avis ?

**Une fois que ma décision est prise, j'hésite longuement.**

JULES RENARD

*Je ne suis pas toujours de mon avis.*

PAUL VALÉRY

Je ne suis ni pour ni contre, bien au contraire.

COLUCHE

Une première impression
est toujours la bonne, surtout
quand elle est mauvaise.

Henri JEANSON

# Les avis sont très partagés : les uns disent que c'est très mauvais et les autres que ce n'est pas bon du tout.

Alfred CAPUS

# (Il)logiquement

On s'attend au pire
et puis c'est pire.

PIERRE AUTIN-GRENIER

*La phrase suivante est vraie.
La phrase précédente est fausse.*

PHILIPPE GELUCK

**Soyez heureux, c'est là
le vrai bonheur.**

JEAN-LOUIS-AUGUSTE COMMERSON

*S'il n'y a pas de solution,
c'est qu'il n'y a pas de
problème.*

JACQUES ROUXEL

*Il n'y a que deux tragédies dans la vie : l'une est de ne pas avoir ce que l'on désire ; l'autre de l'obtenir.*

Oscar WILDE

# Je suis athée, Dieu merci !

STENDHAL

*Je n'ai jamais pu*
*que mettre*
*de l'eau dans mon eau.*

Francis PICABIA

# Paroles, paroles…

**Quand on n'a rien à dire,
il faut savoir de quoi
on parle.**

Robert BENAYOUN

*La prochaine fois
qu'on se verra,
rappelez-moi
de ne pas vous
adresser la parole.*

Groucho MARX

***Le plus sûr des mutismes n'est pas de se taire, mais de parler.***

Sören KIERKEGAARD

*Les mots sont toujours de trop dans la conversation.*

Jean-Pierre GEORGES

De tous ceux qui n'ont rien à dire, les plus agréables sont ceux qui se taisent.

Nicolas de CHAMFORT

*Quand je n’ai rien à dire, je le dis.*

YLIPE

Le seul secret que gardent les femmes, c’est celui qu’elles ignorent.

SÉNÈQUE

Les femmes sont tellement menteuses qu’on ne peut même pas croire le contraire de ce qu’elles disent.

GEORGES COURTELINE

Je voudrais
enfin avoir
mon mot à dire
pour pouvoir
me taire.

Pierre AUTIN-GRENIER

# En toutes lettres

Les noms ne sont pas
toujours ce à quoi
ils ressemblent.
Par exemple, en gallois,
B2JXXLLWCP se prononce
Jackson.

Mark TWAIN

*L'inventeur de*
*la cédille est un*
*certain Groçon...*
*Il n'aimait pas*
*son nom.*

Philippe GELUCK

– Woo-woo-woo-woo-woo.
– C'est un télégramme ?
– Oui.
– Vous avez encore droit à trois mots pour le même prix. Voulez-vous ajouter trois « woo-woo-woo » ?
– Bien sûr que non. Ça rendrait le texte absurde.

ANONYME

# Échec aux maths

Calculez de combien d'années on rajeunit quand on se lève à trois heures du matin.

Georg Christoph LICHTENBERG

***Il y a 3 sortes de personnes : celles qui savent compter et celles qui ne savent pas.***

Anonyme

À 690 ans, Mathusalem était si bien conservé qu'il n'en paraissait guère plus de 375.

Tristan BERNARD

Les quatre tiers de la population ne savent pas ce qu'est une fraction.

STEVEN WRIGHT

*C'est vrai : 13 bis,*
*est-ce un nombre pair*
*ou un nombre impair ?*

RAYMOND QUENEAU

Deux parallèles
s'aimaient… Hélas !

ANDRÉ FRÉDÉRIQUE

*Le cercle n'est qu'une*
*ligne droite revenue à*
*son point de départ.*

SAN-ANTONIO

C'est entre 30 et 31 ans
que les femmes vivent
les 10 meilleures années
de leur vie.

Sacha GUITRY

L'article 16 de la Constitution ne doit son existence qu'à celle des articles 15 et 17 qui le précèdent et le suivent.

Pierre DAC

# Faits divers
# et
# divers faits

Sans le kangourou,
l'homme n'aurait jamais su
qu'il n'avait pas
de poche marsupiale.

Alexandre VIALATTE

*À vendre parachute.
Jamais ouvert.
N'a servi qu'une fois.*

Steven WRIGHT

**Et puis, qu'importe
la culture ! Quand il a
écrit *Hamlet*,
Molière avait-il
lu Rostand ?**

Pierre DESPROGES

*Si l'on enferme dans une cage*
*solide un lion affamé,*
*un pauvre affamé*
*et une côtelette,*
*ce n'est jamais la côtelette*
*qui gagne.*

François CAVANNA

Dans les accidents de chemin de fer, c'est toujours le dernier wagon qui est le plus dangereux. C'est pour cette raison qu'on l'a supprimé.

Pierre DAC

# Brèves d'absurde

*– Qui est là ? Ah très bien : faites entrer l'infini.*

Louis ARAGON

– Est-ce que je ne vous ai pas rencontré à Zanzibar ?
– Non, je ne suis jamais allé à Zanzibar.
– Moi non plus. Il doit s'agir de deux autres personnes.

Tony MAYER

**– T'oublies pas**
**ce que je t'ai dit.**
**– Qu'est-ce que tu m'as dit ?**

Jean-Marie GOURIO

– Je suis né un 30 janvier.
– Vous ne faites pas votre âge.

Jules RENARD

– Pourquoi répondez-vous toujours à une question par une autre question ?
– Pourquoi pas ?

Georges BERNANOS

*– Seuls les idiots n'ont pas de doutes.*
*– Vous en êtes sûr ?*
*– Certain.*

Georges COURTELINE

# Les uns
# et les autres

*L'ennemi est con, il croit que c'est nous l'ennemi, alors que c'est lui.*

Pierre DESPROGES

Aux États-Unis, deux personnes sur une sont schizophrènes.

Anonyme

*Le mariage est la principale cause de divorce.*

Oscar WILDE

*Un Irlandais*
*ne se laisserait*
*jamais enterrer*
*dans un cimetière*
*anglais.*
*Il préfèrerait*
*mourir.*

ANONYME

# La confusion des sens

**Je n'aime pas les épinards et j'en suis fort aise ; si je les aimais, j'en mangerais et je ne peux pas les sentir.**

Henri MONNIER

*Il m'est arrivé de prêter l'oreille à un sourd, il n'entendait pas mieux.*

Raymond DEVOS

Il est dangereux de se baigner moins de trois heures après avoir mangé des champignons vénéneux.

François CAVANNA

J'entends bien
que je peux
devenir sourd,
je sens bien
que je pourrais
perdre l'odorat,
mais je ne me
vois pas aveugle.

Gabriel de LAUTREC

# Proverbes (pas forcément chinois)

*Tous les fleuves vont à la mer*
*et la mer ne déborde pas.*

PROVERBE CHINOIS

Il y a un proverbe chinois qui dit : « Tuts van tong tetch po dang chi wang ». C'est dingue, non ? Quand on pense que ça a été écrit en 1550.

PHILIPPE GELUCK

Si vous avez un bâton,
je vous en donnerai un.
Si vous n'en avez pas,
je vous le prendrai.

PROVERBE ZEN

***La porte la mieux fermée est celle que l'on peut laisser ouverte.***

Proverbe russe

Il est difficile d'attraper un chat noir dans une pièce sombre, surtout lorsqu'il n'y est pas.

Proverbe chinois

# Du jeune avec du vieux

Les vieillards,
il faudrait les tuer jeunes.

Alfred JARRY

*Vieillir est la seule façon
de ne pas mourir jeune.*

Anonyme

Tout le monde désire vivre
longtemps, mais personne
ne voudrait vivre vieux.

Jonathan SWIFT

Chaque fois qu'il y a un type qui meurt, ce n'est jamais le même.

Louis SCUTENAIRE

*La mort,*
*c'est bien joli,*
*mais il n'y a pas*
*que ça*
*dans la vie.*

SINÉ

*Plus on vit longtemps*
*et moins ça fera de temps*
*à être mort.*

Jean-Marie GOURIO

# Conseils d'amis…

*Il ne faut pas donner
des morceaux de chien
aux sucres : ça peut
les rendre méchants.*

Pierre AUTIN-GRENIER

Pour la chasse aux
lions : vous achetez
un tamis et vous allez
dans le désert.
Là, vous passez
tout le désert au tamis.
Quand le sable est
passé, il reste les lions.

Alphonse ALLAIS

*Je vous*
*recommande*
*de lire ce livre.*
*Vous pouvez*
*le lire*
*les yeux fermés.*

Gabriel de LAUTREC

# Sources

ALLAIS, Alphonse, *Pensées, textes et anecdotes*, Le cherche midi éditeur, 2000.
ALLEN, Woody, *Opus 1 et 2*, Solar, 1975.
ARAGON, Louis, *Une vague de rêves*, Seghers, 1980.
AUDOUARD, Yvan, *Pensées provisoirement définitives,* Le cherche midi éditeur, 2004.
AUTIN-GRENIER, Pierre, in *Aphourismes à lier*, Tirtonplan, 1995.
BECKETT, Samuel, *Catastrophes et autres dramaticules*, Minuit, 1986.
BENAYOUN, Robert, *Les Dingues du non-sens*, Seuil, 1977. *Le Taureau irlandais,* Filipacchi, 1974.
BERNANOS, Georges, in *Le Grand Dictionnaire des mots d'esprit*, Raymond Castans, De Fallois éditeur, 1991.
BERNARD, Tristan, *Dictionnaire humoristique*, Le cherche midi éditeur, 1993.
BLANCHE, Francis, *Pensées, répliques et anedotes*, Le cherche midi éditeur, 1984.
CALAFERTE, Louis, *Choses dites*, Le cherche midi éditeur, 1997.
CAPUS, Alfred, *Les Pensées*, Le cherche midi éditeur, 1988.
CAVANNA, François, *Les Pensées*, J'ai lu, 1997.
CHRISTIE, Agatha, in *Dictionnaire inattendu des citations,* Alain Dag'naud et Olivier Dazat, Hachette, 1992.
COLUCHE, *Pensées et anecdotes,* Le cherche midi éditeur, 1995.
COMMERSON, Jean-Louis Auguste, *Pensées d'un emballeur*, Garnier, 1978.
COURTELINE, Georges, in *Le Grand Dictionnaire des mots d'esprit*, Raymond Castans, De Fallois éditeur, 1991.
DAC, Pierre, *Les Pensées*, Le cherche midi éditeur, 2000. *Chroniques désopilantes de L'Os à moelle*, Julliard, 1963.
DARD, Frédéric, *Les Pensées de San-Antonio*, Le cherche midi éditeur, 2000.
DESPROGES, Pierre, *L'Almanach*, Rivages, 1988.
DEVOS, Raymond, *À plus d'un titre*, Olivier Orban, 1989.
DUTOURD, Jean, *Les Pensées*, Le cherche midi éditeur, 1990.
ECO, Umberto, *Le Nom de la rose*, Grasset, 1990.
FRÉDÉRIQUE, André, in *Entre guillemets*, Claude Gagnière, Robert Laffont, 1996.
GELUCK, Philippe, *Le Chat*, Casterman, 1986/2005.

GEORGES, Jean-Pierre, in *Aphourismes à lier*, Tirtonplan, 1995.
GOURIO, Jean-Marie, *Brèves de comptoir*, Robert Laffont, collection Bouquins, 2003.
GUITRY, Sacha, *Pensées, maximes et anecdotes*, Le cherche midi éditeur, 1990.
JEANSON, Henri, *En verve*, Pierre Horay, 1971.
KEYSERLING, Hermann, *Journal de voyage d'un philosophe*, Bartillat, 1998.
LAUTREC, Gabriel de, in *Entre guillemets*, Claude Gagnière, Robert Laffont, 1996.
LICHTENBERG, Georg Christof, *Aphorismes*, Denoël, 1980.
LOURMIÈRE, Jean-Luc, in *Aphourismes à lier*, Tirtonplan, 1995.
MARIEN, Marcel, *À l'ombre de la proie*, Daily-Bul, 1968.
MARX, Groucho, in *Les Marx Brothers, pensées, répliques et anecdotes*, Le cherche midi éditeur, 1995.
MAYER, Tony, *L'Humour anglais*, Julliard, 1960.
MONNIER, Henri, in *Entre guillemets*, Claude Gagnière, Robert Laffont, 1996.
MORÉAS, Jean, in *Des Mots et Merveilles*, Claude Gagnière, Robert Laffont, 1994.
PICABIA, Francis, in *Dada en verve*, Pierre Horay, 1972.
QUENEAU, Raymond, *En verve*, Pierre Horay, 1970.
RENARD, Jules, *Les Pensées*, Le cherche midi éditeur, 1990.
ROUXEL, Jacques, *Abécédaire raisonné des Shadoks*, Nicolas Philippe, 2003.
SATIE, Erik, in *Erik Satie*, Ornella Volta, Pierre Seghers, 1979.
SCUTENAIRE, Louis, *Mes inscriptions*, Brassa, 1976.
SINÉ, *Charlie Hebdo*.
STERNBERG, Jacques, *Les Pensées*, Le cherche midi éditeur, 1986.
SWIFT, Jonathan, in *Le Grand Dictionnaire des mots d'esprit*, Raymond Castans, De Fallois éditeur, 1991.
TZARA, Tristan, in *Dada en verve*, Pierre Horay, 1972.
VALÉRY, Paul, in *Le Dournon des citations*, Belfond, 1982.
VIALATTE, Alexandre, *Chroniques de La Montagne*, Robert Laffont, collection Bouquins, 2000.
WILDE, Oscar, *Les Pensées*, Le cherche midi éditeur, 2001.
WRIGHT, Steven, in *Wit spirit*, Mots & Cie, 2000.
YLIPE, *Textes sans paroles*, Le Dilettante, 2003.

## Déjà parus dans la collection Mots et Cie

**Noëlle Audejean**
Un mot peut en cacher un autre. *Jouons avec le Petit Robert.*

**Serge Beucler**
Mais où sont les neiges d'antan ? *La littérature en questions.*

**Alain Bladuche-Delage**
*Ici* ou *Là* ? *Les traîtres mots.*

**Geneviève de la bretesche**
Le riz qu'on connaît. *Perles de maternelle.*

**Sylvie Brunet**
D'où ça vient ? *Inventaire du français quotidien.*

**Jean-Paul Carminati**
L'usufruitier jouit sans entrave. *Code civil, 1804-2004.*

**Jean-Loup Chiflet**
Le Cafard laqué. *Les mots-portemanteaux.*
Et si on appelait un chat un chat ? *Le correctement incorrect.*
Ad aeroportum ! À l'aéroport ! *Le latin d'aujourd'hui.*
Nouilles ou pâtes ? *Le bon sens des mots.*
Mes perles de culture. *Un catalogue déraisonné.*
Wit spirit. *L'humour anglo-saxon.*
Wit spirit 2.
L'Almanach Chiflet 2001.
Sky Blake ! Ciel Mortimer !
On ne badine pas avec l'humour. *De l'humour et de sa nécessité.*
Schtroumpfez-vous français ? *Dictionnaire franco-schtroumpf.*
Antigone de la nouille. *Perles de librairie.*
J'ai un mot à vous dire. *Un mot se raconte.*
Réflexions faites... *et autres libres pensées.*
Malheur au bonheur ! *Le guide du sous-développement personnel.*
Name of a pipe ! Nom d'une pipe !
L'agenda du VIP.

**Jean-Loup Chiflet/Cabu**
Roger au pays des mots. *Comment survivre dans la jungle du vocabulaire du XXI^e^ siècle.*

**Jean-Loup Chiflet/Nathalie Kristy**
Le Mokimanké. *Le dictionnaire des mots qui existent enfin !*

**Maryz Courberand**
Il baissa sa culotte et dans mon estime. *Bizarreries de langage.*
Voulez-vous valser, grammaires ? *Les contretemps des manuels.*
Il remonta ma culotte et son réveille-matin. *Bizarreries de langage (2).*
Au palais des congres. *Accents, signes et ponctuation.*

**Michel Courot**
Le Nyctalope et les phylactères. *Dictées subtiles et malicieuses.*
Qui a peur des sycophantes ? *Dictées subtiles et malicieuses (2).*

**Patrice Delbourg**
À bribes abattues. *Fantaisies et facéties littéraires.*

**Alain Duchesne et Thierry Leguay**
Qu'est-ce qu'un écrivain ? *Petits secrets de la création littéraire.*

**Marie-Anne Dujarier**
Il faut réduire les affectifs. *Petit lexique de management.*

**Pierre Enckel**
Médor, Pupuce, Mirza, Rintintin et les autres. *Le dictionnaire des noms de chiens.*

**Jeanne Folly**
L'Encyclofolly. *Encyclopédie incongrue.*

**Claude Gagnière**
Des sourires et des hommes.

**Pierre Jourde/Éric Naulleau**
Le Jourde & Naulleau. *Précis de littérature du XXI^e siècle.*

**Nathalie Kristy**
Mais où est donc Ornicar ? *Souvenons-nous des aide-mémoire.*

**Pierre Laurendeau/Patrick Boman**
L'autopsie confirme le décès. *Éloge de la correction.*

**Thierry Leguay**
Les poules du couvent couvent. *Les curiosités du français.*
Dans quel état j'erre ? *Trésors de l'homophonie.*

**Marc Loriol**
Je stresse donc je suis. *Comment bien dire son mal-être.*

**Corinne Maier**
Le Lacan dira-t-on. *Guide français-lacanien.*

**Sophie Massieu**
Il n'y a que braille qui m'aille.... *À vue de mots.*

**Pierre Merle**
Les mots à la con.

**Christian Moncelet**
My fer lady ! *Et autres bonheurs d'expression.*

**Laurent Moussard/Florence Montagner**
À vendre, invendus. *Petites annonces équivoques.*

**Jean-Claude Raimbault**
Si mon dico m'était conté... *Un siècle de définitions.*

**Yak Rivais**
Vous me la copierez 300 fois. *L'art d'accommoder une phrase.*

**SYLVAIN TESSON**
Katastrôf ! *Bréviaire de survie franco-russe.*

**PASCAL THOREAU/PHILIPPE PERSON**
Faites vos vœux ! *Brèves de bonheur.*
**DES LECTEURS DE SUD-OUEST DIMANCHE**
Mais que fait l'Académie ? *Le dictionnaire des mots qui devraient exister.*
Au plaisir des sens. *Jouons avec les définitions.*

**PETIT DICTIONNAIRE DES MOTS RETROUVÉS**. *Préface de Jean d'Ormesson.*

Achevé d'imprimer en février 2006
Dépôt légal : mars 2006
N° d'édition : M06011

Imprimé en France sur les presses
de l'imprimerie Corlet